KB155448

너도 나도 꽃

김행금 시집

시와정신에스프리

너도 나도 꽃

시와정신사

■

시인의 말

중년이 될 때까지 걸어온 길

쓸쓸함과 외로운 길

이제 모두 다 잊고

꽃길만 걷고 싶다고

첫 시집의 화려한 문항을 펼쳐봅니다.

2024년 봄
김행금

차 례

005 시인의 말

___ 제1부

015 인내
016 귀향
017 별이 빛나는 밤
018 열아홉
019 학교 가는 길
020 개나리
021 청개구리
022 비비초
023 어린 시절
025 나무
027 누가누가 살고 있을까
028 진널공원 야외수업
029 실안 노을
030 실안 노을 2
031 그늘

____ 제2부

035 실안 와룡

036 노을

037 투영

038 망부석

039 바람

040 웃음

041 시인

042 일요일

043 세월

044 무소식

045 갈대새미

046 열아홉 순정

047 학교 가는 길 2

___ 제3부

051 민들레

052 공룡발자국 화석

053 기쁨이

054 그리운 어머니

055 청개구리 2

056 바람 2

057 석양

058 삼천포 바다

059 가을

060 새똥

061 어머니

062 우리집

063 해맞이

064 산책

____ 제4부

067 들국화

068 억새풀

070 늦가을

071 와룡산

072 아버지

073 진달래꽃

074 장마와 열무김치

075 첫사랑

076 풍경

077 옹기

078 외갓집

079 외갓집 옹기

080 첫사랑 2

081 별거는 별거다

_____ 디카시

084 단단한 돌

085 우체통에서 자라는 아들 딸

086 담쟁이 음모

087 물음표

088 너도 나도 꽃

089 해설 | 향토적인 정서와 모성애의 영원한 숨결 | 서지월

_____ 제1부

인내

고목도 연둣빛 새싹을 피우는데
내 마음은 깊은 가을에 젖어 있구나
기쁨은 잠깐이고 고통은 꼬리가 있는 법
꿈을 펼쳐도 못 본 채
정성이라는 것으로 보답아 보려 했지만
현실은 가끔 엇나가기도 했었지

하나 둘 떠나고 나니 텅 빈 가슴
버팀목 되어 줄 수도 없다
손도 발도 없는 허공에 뜬 구름
자식들 걷는 길 조용히 지켜본다

거성이 되길 비는 마음
온몸으로 대꾸하며
인내라고 말하며
살아가야지

귀향

어릴 적 줄넘기 숨바꼭질하며
손잡고 뛰어놀던 그 친구들
긴 세월 지나 백발이 되어
이제야 돌아왔구나

별이 빛나는 밤

어두운 밤하늘에 수많은 별들이
반짝반짝 빛나는 밤이면
마루에 앉아
별 하나 나 하나 세어보던 꿈 많던
단발머리 소녀

수많은 세월이 흘러가도
저 별들은 그 자리 그대로구나
맑은 날 밤이면 창문을 열고 서서
높은 하늘에 떠 있는 큰 별을
바라보면서 마음 모으고 있다

반짝이는 별들 같은 자식들
비바람 멀리멀리 보내라고
별 탑을 한없이 돌고 돈다
별이 빛나는 밤이면

열아홉

열아홉 꽃봉오리
장미꽃처럼 아름답게 활짝 피었네
꽃잎마다 이슬 방울방울
눈물도 고운 열아홉

학교 가는 길

학교 가는 길가 논 옆을 지나면
새파란 모 논에서
개구리 우는 소리에 놀다가
그만 지각을 하고 선생님께
혼나고 집으로 돌아가면
엄마 잔소리는 하루도 짧았다

벼 익어갈 때면
새 쫓는다고 재미에 빠져
집으로 돌아오는 줄도 잊고
놀다가 놀다가
엄마에게 야단맞던 날
엄마 잔소리 해가 질 줄 몰랐다

지금도 귓전에 들리는 것 같네
다시 듣고 싶은 엄마 잔소리
이제는 평생을 듣고 싶네

개나리

학교 담장 둘레에 핀 개나리
노랗게 핀 가지 하나 꺾어들고
친구에게 불쑥 내밀자
잇몸 드러내고 활짝 웃는다
아무 곳에 꽂아도 잘 자라는 개나리

개나리 울타리 안에 신발 두 켤레
도란도란 문 밖까지 환하다
병아리 콕콕
노란 꽃잎 찍어도 보고
지렁이 꼬물꼬물 느리게 가는 오후

한 아름 꽃다발 만들어
방안에 두면 봄이 그득했다
밤새 쑥쑥쑥떡 잘도 자랐다

청개구리

초저녁 창문을 열면
저 멀리 무논에서
개굴개굴 울어대는 개구리 소리
나는 어릴 적 너희들 사연을 들었단다
떠나버린 엄마가 그리워 운다고
목이 아플 텐데 그렇게도
슬피 우느냐
울다 울다가 날이 밝으면
엄마 찾아 헤매느냐
개구리 너희들 우는 소리는
내 어머니 생각을 더 나게 하는구나

비비초

하나하나
잘 다듬어 기른 자식들
행여 다칠세라 행여 아플세라
걱정으로 길러 온 자식들
비비초처럼 줄지어
세워놓고 한 잎도 다치지 않게
나는 긴 비비초 길을 걷고 있다

어린 시절

수많은 세월이 흘러도 생각나는
추억 속 어린 시절
선생님 사진 속 어린아이들을 보니
내가 자라던 어릴 적 그 시절이
그리움으로 떠오른다
엄마가 만들어 주신 헝겊인형 등에 업고
동네 아이들 불러모아 자랑하며
뛰어 놀던 철없던 어린 시절
돌멩이 부뚜막 조개껍질 솥 얹어
밥 짓고 놀며 소꿉장난하던
어린 시절

오빠하고 썰매 타고 놀던
잊을 수 없는 놀이들
아버지 등에 업혀 개울가 밤길 걸었던
넓고 큰 아버지 등은 한없이 따뜻했다
그리운 아버지 추억되어 떠오른다
담장 너머까지 온갖 꽃들이 피면
그 꽃 향기가 온 동네까지 따라다녔다

봄 향기 따라 내 마음 속 그리움이 피어나니
그때 그 시절 어린 마음이 되네

나무

내 나이는 오백 살이야
어제 일인데 쉿 비밀이야
글쎄
참새가 와서 밥 달라고 떼를 쓰는데
하필 떼거리가 하나도 없었지 뭐야
그래서 잎이라도 먹으라 했더니
나 채식주의자 아냐
고기 좀 줄 수 없니 하는 거야
할 수 없이 옆구리에 감춰 둔 벌레 한 마리
옛다 먹어

휴 한 숨 돌리고 있는데
고양이 한 마리 살캉살캉 오더니 그늘을 찾아 앉았네
그런데 갑자기 킁킁대다가
코를 벌름벌름하는 거야
쫌 전에 갈치 장수 앉았던 자리였거든
그윽한 눈으로 갈치 한 토막을 내어 놓으라는 듯이 말이
야
안돼 안돼 나는 갈 수가 없으니

얼른 달려가 갈치 한 토막 얻어먹고 오라 했더니
아니 아니 난 네 그늘이 좋아
오늘은 배 부르는 것보다
마음을 채울래 야옹 그러는 거야
톡톡 고양이 꼬리가 나무를 치대면서 말이야

누가누가 살고 있을까

철썩 철썩 파도치는 쌍발 바닷가
겹겹이 쌓아올린
오랜 세월에
엷은 시루떡같이 조각조각
층층이 높이 싸인 바닷가 큰 바위들은
서로서로 겹겹이 쌓아올려
큰 바위 머리에 이고 오랜 세월
살아오면서 꽃나무 가꾸면서
출렁이는 파도소리 들으며
건너편 오솔길을 바라본다
저 산 너머엔 누가누가 살고 있을까
오늘도 생각에 젖어 있구나

진널공원 야외수업

오늘 야외수업은 진널공원이다
상쾌한 하루가 시작되고
룰루랄라 룰루랄라
바닷가 좁은 다리를 건너
노랗고 예쁜 이름 모를 꽃들이
반겨주는 진널공원 오른다
수많은 무성한 꽃 향기 맡으며
층층이 쌓아올린 높은 계단을 올라서니
전망대가 서 있는
진널공원 눈부시도록 아름답다
동으로는 잔잔한 물결이
살랑살랑 춤추는 남일대를 바라보며 서 있고
시원하고 조용한 벤치에 앉아
냠냠 쩝쩝 간식은 꿀맛이다
치킨과 김밥 달콤한 과일까지 후식으로 젤리까지
답례로 하모니카 연주를 해 드렸다
깔깔깔 해맑은 웃음소리와
짝짝짝 박수치는 문예반 식구
꽃향기도 좋지만 사람의 향기는 오래가서 더 좋다
선생님의 많은 가르침을 받은
즐겁고 뜻깊은 날 진널공원 야외수업
선생님께 감사드립니다

실안 노을

눈부신 햇살이
남기고 간 저녁 노을
곱게 물든 실안 노을이
바다에 수를 놓으면
일제히 갈매기들이 일어나
노을 무대 위에서 춤을 춘다
하늘 높이 떠 있는 뭉게구름도
덩달아 춤추고 싶은지
곱게 물든 실안 노을 앞바다를 기웃대는데

와룡산 고개 넘어가다 다시 돌아서다
오늘도 온 동네를 물들인다고
부산을 떨고 있다
아름다운 실안 노을이다

실안 노을 2

윤슬을 수만 개 데려온 노을
엄마 보고 싶은 마음을 저도 아는지
푸른 바다를 온통 발갛게 태우네
애태우는 내 마음을
그만 들키고 말았네
자식들 저도 크면 알랑가 모를랑가
못다 한 효도가 뼈에 사무치는 것을
실안 노을은 오늘도 나를 부끄럽게 한다네

그늘

큰 나무 그늘에
한낮 무더위가 앉아 있다
저도 더운지
이파리에 찰싹 붙어
연신 부채를 부쳐대는데

오는 사람 가는 사람
서로 아는 체하면서
하루를 뉘어 놓았는지
나무도 알았다고
어린 아이 얼굴에도
그늘을 널어 두었다
꼼지락 꼼지락 그늘이 숨을 쉬는지
아이가 화답을 하고 있다

어디선가 지지배배
길가 보리수 나뭇잎 그늘에서
빨갛게 익은 열매 따 먹는 소리
내 머리 위 나무 그늘에 앉아서

속삭이고 있다

나도 새들처럼
나무 그늘에 앉아서
오래 쉬고 싶은 오후

___ 제2부

실안 와룡

한 마리 용이 낮잠을 자고 있다
긴 세월 동안 얼마나 서러웠을까
승천한 친구들이 얼마나 그리울까
바닷속 물고기들과 놀다가도
하늘로 승천한 친구들 생각에
그날을 기다리며 누워 있는 용

노을

긴긴날 살아온 세월
내 마음 비춰주는 노을
하늘의 노을은
옛 생각에 젖게 한다
그 옛날 엄마 생각나게 하는데
노을 속에 많은 눈물도 흘려보내던 어머니
지금은 자식들 생각에
젖어들게 하누나
오늘도 하늘에 핀 노을은
아름다운 섬 풍경들을 비추고
실안 고개 넘어가네
내 마음까지 비춰주면서

투영

고생하며 살아온 시절 보내니
이제야 봄이 찾아와
기지개를 펴고
움츠렸던 날개를 펴네
또 겨울이 찾아올라 미리 걱정 말고
날개를 쭉 펴자
저 푸른 물에 비치는 그림자도
쭉 펴 있지 않은가

망부석

저 멀리 바다 건너
살고 있는 아들
영진아 이 엄마는 너희들이
너무 보고 싶구나
바닷가 망부석처럼 서서
수평선만 바라보고 있구나

바람

살랑살랑 봄바람은
내 마음을 설레게 하는 바람
저 멀리 바다 건너 솔솔 부는
시원한 바람은 자식들 소식 기다리게 하는 바람

사나운 태풍바람이 불면
담장을 붙들고 그 바람을 참고 이겨내며
기어오르는 담쟁이 넝쿨처럼
자식들 잘 되게 해 달라는 바람을 하고 있다

웃음

알록달록 무늬도 예쁜 조개
그릇에 담겨 있는 조개가
물을 내뿜으며 보오글보오글 웃음소리를 낸다
조개 웃음소리에 볼록볼록 양쪽볼도 화답한다

온 식구가 둘러앉아 한 개씩 건져 먹으며
옛 이야기 하나에 조개 하나
양은 그릇도 달그락달그락 맞장구치며 논다
밥상에 바글바글 온가족 웃음꽃이 벌어진다

시인

월요일은 새로운 기분으로 시작하는 날
화요일은 문화원에 시 쓰기 공부하러 가는 날
선생님의 가르침 받고 열심히 글을 쓴다
목요일은 문예반에 시 쓰기 공부하러 가는 날
모든 것 다 잊고 열심히 시를 쓴다
금요일 지나고 토요일이 빨리 지나야
어서 화요일이 오게
어서 목요일이 오게
열심히 시를 쓰다 보면
진짜 시인이 된 듯 쓰고 또 쓴다

일요일

일요일이면 교회 가는 날
모든 사람들이 쉬는 일요일
공부하는 학생도 쉬는 일요일
일요일에 오는 아들딸들
나는 일요일이 가장 바쁘다

세월

살림하느라 바쁜데 놀러 가자고
가고 싶은 데 많아도
갈 수가 없다네
세월아 너나 놀러 가거라
날 건드리지 말고

무소식

3년 동안 소식 없는 그 친구
7년 동안 즐겁게 만난 그 사람들
다 어디에 있는지
어디에 있을까
구구절절 애타는 마음
무소식이 희소식이라는 말
믿고 싶구나

갈대새미

시장 한쪽에 자리잡고 있는 갈대새미
오래전 어머니들이
깊은 물을 두레박으로 퍼올려
빨래를 하며 이야기 나누던 새미
멀리서 양철 물동이 가져와
두레박으로 온갖 소식도 퍼올려
동이에 담아
머리에 이고 먼 길을 가던
어머니들의 젖줄 같은 갈대새미
가가호호 속속들이 빤하게 보이는 곳
건너동네 이야기도 뻔히 드러나기도
출렁출렁 물도 이야기도 넘쳐났던 새미
지금도 갈대샘물은 깊은 땅 밑에서
출렁이고 있고
수런수런 수런거림을 먹고 사는
사람들의 파랑 삼천포 갈대새미

열아홉 순정

입술 꼭 다물고 있어도
어김없이 꽃피울 시간이 당도하지
장미꽃잎 편지가 나폴나폴
무심하게 저만치 피었어도
파리하게 어여쁜 열아홉 순정

학교 가는 길 2

학교 가는 길은 늘 와자지껄
하루도 그냥 지나치는 날이 없다
봄이면 봄대로
여름이면 여름대로
가을이면 가을대로
겨울이면 겨울대로
비가오면 비가 오는대로
눈이 오면 눈이 오는대로
안개끼면 안개 끼는대로
한 명의 장난이
열 명의 장난으로 번져
조잘조잘 재잘재잘
길도 들석덜썩
신나는 학교 가는 길

_____ 제3부

민들레

봄을 알리는 민들레
산에도 들에도 바위틈에서도
아무곳에서나
울타리도 없이 피어나는 민들레
큰 나무 아래서도 피어 있는
키 작은 민들레
밝은 초록잎에 예쁜 노랑으로 단장하고
향기 없어도 지나가는 사람들
눈길을 잡고
바라보는 귀여운 민들레
이 봄 가면 노란 꽃은
목화솜으로 하얗게 변하여
홀씨처럼 먼 곳으로 하염없이 날고 날아
새싹을 틔울 민들레
한 송이를 따서 날려 보내면
아들 있는 곳에 내려줄까

공룡발자국 화석

긴 세월을 살다
발자국만 남기고 간 공룡발자국
깊게 찍힌 공룡발자국에 발을 넣으니
아버지 모습이 떠오른다

아버지의 말씀이
파도처럼 무섭고도 깊은 울림인줄
그 옛날엔 몰랐는데

지금 쿵쿵쿵 발소리가 그립도록
들려오는 듯
먼 곳으로 가신
아버지의 그때 그 목소리가 화석처럼 박혀 있다

기쁨이

우리집 애교쟁이 장난꾸러기 기쁨이
하얀 솜털처럼 예쁜 강아지
새까만 두 눈으로 나를 올려다볼 때면
정말 귀엽다

외출하려고 가방을 챙길 때면
짧은 꼬리를 흔들며
빙글빙글 돌며 애교를 부리는 기쁨이
밖에 나갔다 올 때면
멀리서 걸어오는 발소리를 어떻게 알까
어서 오라고 멍멍 짖다가
문 열고 들어서면
왜 이제 오느냐고 말하듯
온몸을 흔들며 반갑게 맞이하는 우리 기쁨이
밤이면 내 옆에서 잠자는 귀여운 기쁨이
오래오래 건강하게
내 곁에 있어야 된다

그리운 어머니

수많은 세월이 흘러가고 또 흘러가도
날이 갈수록 생각나는 어머니
살아생전 못다 한 효도가
내가 엄마 나이 되고 보니 자꾸만 가슴 아프게 떠오른다

어릴 적 아버지가 출타하고 늦게 오시는 날이면 마루에 앉아 낙화유수를 그 고운 목소리로 부르시던 모습이 아른거린다

시도 때도 없이 정직해라 바르게 살아라
가르쳐 주시던 어머니 말씀
소풍 갈 때면 김밥을 맛있게 싸서 배낭에 넣어주시던 곱던 어머니
연세가 드셔도 봉선화 연정을 가르쳐 주시고 강남달을 즐겨 부르시던 어머니
그 흥은 대물림되어 딸에게 가수의 끼를 주신 어머니
낙화유수를 흥얼거리며 어머니를 떠올려 보면
못다 한 효도만 가슴에 사무칩니다

청개구리 2

초저녁 창문을 열면
저 멀리 무논에서
개굴개굴 울어대는 개구리 소리
어릴 적 귀에 못이 박히도록 들었던 이야기
엄마 말을 지지리도 안 듣고 반대만 하던 개구리가
엄마가 죽자 남긴 유언이랍시고
개울가에 엄마 묘를 써놓자
비가 오면 엄마 묘가 떠내려갈까 봐 저리도 운다며
효를 알게 해주신 어머니의 교육법이
지금도 생각납니다
청개구리야 우지 마라 엄마는 네 맘 알 꺼야
이제 그만 울거라 청개구리야

바람 2

살랑살랑 봄바람에
온갖 꽃들이 피어나는 봄
봄꽃들이 피어나는 봄
봄꽃들처럼 예쁜 자식들

더운 여름바람 보내고
선선한 가을바람 지나고
겨울바람이 세차게 불고
회오리바람이 불어와도
높은 산에 저 큰 소나무같이
꽃피는 봄을 생각하자

석양

석양이 먼 산 넘어가면
온 세상이 붉게 물든
아름다운 저녁노을
나는 새들은 내일을 약속하며
둥지 찾아 날아가고
노을에 반짝이는 고운 물결
푸른 바다 위 춤추는 갈매기들
저 노을은 내 고향도 비추고 있겠지
그 옛날 아름답던 고향 노을도 이리 고왔는데
노을도 나이가 들까
부질없는 생각에
고향 생각만 자꾸 일렁인다

삼천포 바다

두둥실 배 띄우고 출렁이는 아름다운 바다
바다 한가운데 등대가 지키는 바다
아름답고 푸른 바다는
많은 고기 해초를 품에 안고 있는 넓은 바다
바다 가운데 조그만 섬들을
외로워할까 봐 살살 어루만져 주는 넓고 푸른 바다
밤바다 배들이 지나갈 때면
등댓불로 뱃길 가리켜 주는
엄마 품처럼 언제나 푸르고
변함없는 넓은 바다
바다는 영원히 넓고 푸르리
아름다운 삼천포 바다

가을

국화꽃이 곱게 핀 가을
들에는 하얀 갈대 잎들이
하늘하늘 춤을 추는
아름다운 가을
산에는 푸른 소나무 사이사이
붉게 노랗게 물들인
예쁜 가을 산에도
세월따라 저물어가는 가을
길가에 느티나무 낙엽들 떨어져
지나가는 사람들 발소리가
바스락바스락 소리내며
깊어가는 가을을 알리네

새똥

빨랫줄에 널어놓은 새하얀 치마에
찍 찌이찍 찍 찌익찍
참새가 시원하게 똥을 갈기고 있네
공들여 풀 먹인 빨래만 골라
똥을 싸고 날아갔네

다시는 안 그럴께요 다시는 안 그럴께요
쨱 째액쨱 쨱 째액쨱
참새는 미안한지 몇 바퀴 돌고 가네
수돗가 호스 잡자 푸다닥푸다닥
찍소리도 못하고 새똥이 떨어지네

어머니

날 낳으시고 길러주신 어머니
어릴적 비포장 도로를 걸어서
학교에 가고 올 때에
돌부리에 받혀 넘어져 집에 가면
걱정하시며 약을 발라 주시던 내 어머니
다칠세라 아플세라 항상 걱정하시던 내 어머니
예쁜 옷 사달라고 졸라대던
그 어린 투정 다 받아주시던
세월이 갈수록 생각나는 어머니
살아 계실 때엔 왜 몰랐을까
하늘을 보고 후회를 하고
땅을 한 걸음 한 걸음 걸을 때에도
생각나는 어머니
이제는 은혜를 갚으려 해도
후회를 해도 소용없는데
마음속 깊이 사무치도록 그립기만 하구나

우리집

우리집은 경치 좋은 곳에 자리잡고 있는 아파트다
아침 일찍 창문을 열면
동쪽 산 위로 밝게 떠오르는 햇살
둥근 해가 집안에 내 얼굴을 비춰 주는 우리집
밖에 나가면 서로가 반갑게 인사 나누고
아이들도 인사 잘하는 우리 아파트
밤이면 정자에 모여앉아 이야기 나누고
둥근 달을 바라보면서 콧노래 부르며
많은 사람들과 정겹게 사는
우리 아파트
해가 질 때면 놀이터에서
아이들 웃음소리 한가득 뛰어노는 소리에
내 마음도 동심으로 돌아가 같이 놀고
뒷문을 열면 넓은 들판 위에 와룡산이 사계절 보여주는
풍경도 아름다운 우리 아파트
밤이면 건너편 마을 가로등 등불이
줄지어 서서 하늘에 별처럼 보이는
운치 있는 우리집
그 안에 살고 있는 행복한 우리가족

해맞이

2020년 1월 1일 첫 해를 보며
추위도 잊은 채 밖으로 나가서
동쪽 하늘을 바라보고 서 있는데
동쪽 산봉우리 위로
붉은 햇살이 환하게 비추더니
둥글고 밝은 첫 해가 떠올라
온 세상을 환하게 비춰주는 햇살이
내 얼굴도 비춰주어
얼른 고갤 숙여
우리 자식들 잘 되게 해 달라고
마음속 깊이 빌며
그윽히 올려다보니
밝은 햇살이 알았다고
반짝반짝 비추어준다

산책

달려가듯 빠른 세월
벌써 입춘이 지나고
넓다란 들길로 산책을 간다
긴 겨울은 남아 아직도 추운데

논 언덕에는 달래 냉이가
얼었던 흙 속에서 파릇파릇
땅 위로 솟아나오고
할미꽃도 꽃망울을 피우는 계절

찾아오는 봄을 맞으러
논길을 걷는 산책길
구불구불 논길을 지나
넓은 길을 걷다 보니
어느새 서쪽 산 위로
노을이 곱게 물드는
아름다운 산책길이다

___ 제4부

들국화

낙엽 쌓인 언덕 위에
한 떨기 보랏빛 들국화
오는 사람 가는 사람 시선에
꽃향기 풍겨주네
멀리 있는 어린 꽃들
예쁘게 피어 있는지
새들이 지저귀는 소리에
기쁜 소식 기다리고
오늘도 가을 찬바람에
보랏빛 얼굴 짙어지네

억새풀

언덕 위
노랑 빨강 곱고 예쁜 단풍잎
춤을 추고 있는 걸까

곱던 꽃잎 한 잎 두 잎 떨어지는 것이
아쉬워 손을 흔드는 걸까

억새꽃 한 송이 따서 품에 안고
오색 단풍나무 아래 앉아
저 멀리 풍경을 바라본다

졸졸졸 흐르는 물소리에
새들이 한가로이 놀고

밝은 햇살이 반짝거리는 물 위
단풍잎들이 비추이니 더 황홀하다

억새풀 들고 걸으며 옛 생각에 잠긴다

노란 은행잎 따서 책 갈피갈피 넣어두고
일기장 한 켠엔 비밀의 페이지도 있었겠고
억새풀 사이사이 언뜻언뜻 친구들 얼굴도
숨어 활짝 웃는 듯
억새풀 피어 있는 단풍나무 길을 걸으며
옛 동무들 한 명 한 명 불러내 본다

늦가을

찬바람에 억새풀이
늦가을 알린다
나뭇잎 떨어져 앙상한 가지에 매달린
빨갛게 익은 홍시 하나
크고 예쁘게 익은 감을 보며
지나온 세월을 생각한다

먼 산을 바라보다 시무룩하고 있는데
앞뜰에 핀 들국화 향기가
마음을 달래주네

살아오면서 무거웠던 짐 내려놓아야 하는데
미련 때문에 버리지 못하고
무엇이 그렇게도 잡고 있었던가
무엇 때문에 그렇게 서 있었던가
까치밥으로 남겨진 홍시 하나에
오래 눈길이 간다

와룡산

웅장하고 거대한 와룡산
용이 누워 있는 것처럼
편안하게 자리 잡고 있는 와룡산
능선 넘어 봄이 찾아오면
진달래꽃으로 곱게 물든 와룡산
여름이면 푸른 물결 넘실넘실 춤추는
아름다운 바다가 한 눈에 보이고
가을이면 오색 단풍잎으로 물들이는 산
가을이면 넓다란 들판에
황금물결 내려다보는 와룡산

넓은 품안에 많은 물을 품었다
흘러내려 사람들 젖줄이 되어주는 와룡산
해가 지면 잠자리 찾아온 많은 새들을
따뜻하게 안아주는 아름다운 산
산 아래는 용두공원 아래
졸졸졸 물소리에 걸음을 멈추고서
와룡산을 올려다보니 마음이 탁 트인다

아버지

많은 세월이 흘러가도
생각나는 아버지
어릴 적 귀여워하시던 아버지가
딸이 다 자라 처녀가 되니
곱게 길러 시집보내시려는 마음이셨을까
외출도 잘 못하게 하시고
혹시라도 길에서 만나면
어서 집으로 가라시던 아버지
하지만 나는 늠름한 여군이 되고 싶었다
아버지가 너무 엄하셔서 말도 못하고
젊은 그때 꿈을 이루지 못하고
아직도 마음속 깊이 남아 살아온 세월
생각할수록 아쉽지만
그래도 그 옛날 유치원생인
나를 등에 업고 예뻐해 주시던 아버지
지금도 생각난다
부모는 잊히지 않는다

진달래꽃

와룡산 산길 따라 좁은 길에 오르면
높은 산 속 바위틈에 피어있는 진달래
저 멀리 내려 보이는 넓은 마당집에 피면
가시 있는 장미가 겁이 나서
산속에 숨어 피어 있느냐
때 아닌 춘설에 발발 떠는 모습 안타깝다
밝은 달 밤 별이 빛나는 밤에
둥글고 밝은 보름달을 보려고
예쁘게 방긋방긋 웃는 진달래꽃
춘설에 발발 떨다 다시 핀 진달래
너를 지켜주라 기도한 날 알기는 하는 거니?

장마와 열무김치

냉장고 문을 열 때면
생각나는 그 반찬

열무김치 맛있다고 먹던
손주들 생각 난다

여름 장마철이 되면 생각나는
열무김치
장마가 길면 지루하다 하지만
장마 때면 열무김치 손주들
생각나게 하는 장마다

첫사랑

첫사랑은 아름다운 걸까
마음속 깊이 간직하는 걸까
꽃피던 열아홉 시절
만났던 그 사람
부끄러워 얼굴도 들지 못하고
수줍어 곁눈으로 보았던 그 사람
정겨운 말소리
모자에 반짝반짝 빛나던
그 훈장 그 향기
세월이 흘러도 생각나는 그 사람
그 사람도 그 옛날 그 향기를
흐르는 물에 반짝반짝 띄워 보낼까
밝은 달밤 수많은 별들을 세며
세월을 보내고 있을까

첫사랑 그 사람 북한 사람 헌병이었어
경찰 아버지 반대로 이루지 못하고
세월 가도 아쉬움만 흐른다

풍경

오늘은 소풍 가는 날
관광버스가 줄지어 가는 즐거운 여행길
달리는 차창 밖에 보이는
아름다운 경치
실록의 계절에 푸른 들 푸른 산
밝은 하늘에 햇빛이 반짝반짝 빛나
산새들도 노래 부르는 즐거운 날
아름다운 산 낮은 산에 대나무도 서서
하늘 하늘 손 흔들며 반겨주는 산
저 멀리 산자락에는 예쁜 집들이
옹기종기 있는 조용한 마을에
강아지 뛰어노는 행복한 마을

저 산골짝에 구불구불 오르는 좁은 길
저 오솔길은 먼 옛날
목동들이 피리 불던 오솔길일까

옹기

옹기 하면 먼 옛날 지혜로운
조상님들 생각나게 한다
마당가 큰 감나무 아래
넓은 옹기 장독대
뒷편에는 큰 항아리 줄지어 서 있고
작은 옹기들이 옹기종기 서 있는 장독대
겨울이면 큰 옹기 항아리에서
맛있는 김치를 꺼내 주시던
어머니 생각나게 하는 큰 옹기
아이들과 숨바꼭질 할 때면
큰 장독 뒤에 숨던
그 시절 수많던 옹기 항아리
개구쟁이 아기염소 옹기 위에 뛰어놀던
그때 먼 옛날
수많은 옹기들 생각난다
대대로 이어 내려온
우리나라 기품 있는 옹기다

외갓집

어릴 적 외갓집에 심부름 갈 때면
너무도 신나는 날이다

넓은 마당 큰 집 외할아버지는
머리에 갓을 쓰시고 반겨 주시고

외할머니는
동네 어귀에 맛있는 떡을 사 주시고

집에 올 때면 할머니는
크고 빨간 주머니에서 돈을 꺼내주시며
집에 잘 가라고 멀리 바래다주시던
외갓집 할머니

아주 어릴 적에
마당가에 심어 놓은
호박나무도 다 뽑아 버렸다고
그만큼 개구졌다고
할머니가 그런 말씀도 해 주셨다
요즘도 종종 외갓집 꿈을 꾼다

외갓집 옹기

옹기를 볼 때면 외갓집이 떠오른다
좁다란 길가 돌로 쌓은 담장 길을 지나가면
대문이 없는 집에도
마당가 옹기가 옹기종기 줄을 서서
눈비를 맞아도 뜨거운 햇살에도
그대로 그 자리에 서서 있던 외갓집 동네

옹기가 늘어선 골목길을 지나
외갓집에 들어서면
장독대에서 옹기 항아리를 닦고 계시는
외할머니를 만나게 된다
그 많은 장독을 닦다
반가이 맞아 주시던 할머니
그새 또 아궁이에 불을 때어
옹기 시루떡을 만들어 주시던 외할머니
옹기를 볼 때면 할머니가 그립고
그때 그 옹기가 떠오른다

첫사랑 2

어머니는 나의 첫사랑이다

행여 다칠세라
항상 애틋함이 많으시던 어머니
유치원 갈 때도
학교에 갈 때도
예쁜 옷 입혀서 잘 다녀오라고
저만치까지 서서 바라봐 주시며
걱정하시던 어머니

소풍 갈 때도 배낭에
온갖 맛있는 음식을 싸 주시던
심심하면 어머니하고 같이 노래 부르고
따뜻한 가슴으로 이야기 하는
어머니는 나의 첫사랑
첫사랑 어머니 잊지 못한다

별거는 별거다

마주 하고 있는 눈 앞에 당신
어느 쪽으로 향하고 있나요?
다른 방향의 이정표
별거가 별거 있나요?
다시 합치면 되는 거지

_____ 디카시

단단한 돌

층층이 시집살이 많이도 쌓였구나
너도 고된 시집살이 알겠다 알겠어
눈 멀고 귀 먹고 입 다물어 쌓인
바위보다 단단한 층층 시집살이

• 고성디카시 제1회 장려

우체통에서 자라는 아들 딸

간혹 찾아오는 아들 딸
올 시간이 넘었는데 대문 밖에서 올 때까지 기다린다
고지서보다 늦게 찾아오는 아들딸
우편함에서 불쑥 아들이 나왔다
고지서에서 딸이 나왔다

담쟁이 음모

모여서 모하니
속닥속닥 무슨 음모를 꾸미는 거니
얼굴들이 모두 다
파랗게 놀란다

물음표

열쇠가 없어 물음표를 보고 물어보니
구멍 안에 있다고 한다
너는 그 사람의 물음표가 되어 본 적 있니?
큰 돌로 높이 쌓아 올린 담장에 새겨놓은 물음표
비포장 도로를 지나가는 차들을 세워
그곳을 가르쳐 주는 물음표가 되어준다

너도 나도 꽃

중년이 될 때까지 걸어온 길
쓸쓸함과 외로운 길
모두 다 잊고
꽃길만 걷고 싶다고,

■

향토적인 정서와 모성애의 영원한 숨결

서지월

지난 세대는 궁핍한 시대였으리라. 삼천포가 낳은, 한국 제일의 한(恨)의 가락을 시로 잘 읊은 박재삼 시인의 경우 삼천포에서 중학교 고등학교를 다니며 주경야독(晝耕夜讀) 했다는 사실은 널리 알려진 일이다.

시골일수록 자식을 낳아 기르는 데는 어둡지 않은 인생을 살아온 분들이라 6.25 전쟁 같은 수난도 몸소 겪어왔고 보면, 그러나 늦깎이이지만 옛사람들이 천자문을 읽듯이 시를 읽고 쓰는 일이 복되다고 생각한다.

시의 전편을 통해 필자에게 많은 생각을 안겨주어 다행으로 생각한다.

1. 자연과 조화의 시세계

봄을 알리는 민들레
산에도 들에도 바위틈에서도
아무곳에서나
울타리도 없이 피어나는 민들레
큰 나무 아래서도 피어 있는
키 작은 민들레
밝은 초록잎에 예쁜 노랑으로 단장하고
향기 없어도 지나가는 사람들
눈길을 잡고
바라보는 귀여운 민들레
이 봄 가면 노란 꽃은
목화솜으로 하얗게 변하여
홀씨처럼 먼 곳으로 하염없이 날고 날아
새싹을 틔울 민들레
한 송이를 따서 날려 보내면
아들 있는 곳에 내려줄까

　　　　　　　　　　　　 - 시 「민들레」 전문

　만만찮은 시로 읽혔다. 그냥 민들레가 이쁘게 피었다가
홀씨 되어 어디론가 날아가 씨를 뿌리는가 싶더니 몰래 따
서 날려 보내는 홀씨가 저 산 너머 첫사랑 동수 옆에 곱게
피어나길 바라는 로망의 상상력이 눈을 번쩍 뜨이게 했다.
　그만큼 첫사랑은 잊을 수 없다고 했듯이 뿌리 깊이 내린
민들레꽃처럼 마음 속 깊이 자리한 시인의 순수한 마음을

읽을 수 있다.

하나하나
잘 다듬어 기른 자식들
행여 다칠세라 행여 아플세라
걱정으로 길러 온 자식들
비비초처럼 줄지어
세워놓고 한 잎도 다치지 않게
나는 긴 비비초 길을 걷고 있다

– 시 「비비초」 전문

　절창의 시라 해도 과언이 아니리라. 이 짧은 구절 속에서도 시
가 갖는 기본 매력인 함축미까지 껴안고 있는 시이다. 비비초
를 자식 기르듯 비유했는가 하면, "나는 긴 비비초 길을 걷고
있다"라는 노련한 구절이 함초롬하게 와 닿았다.

초저녁 창문을 열면
저 멀리 무논에서
개굴개굴 울어대는 개구리 소리
나는 어릴 적 너희들 사연을 들었단다
떠나버린 엄마가 그리워 운다고
목이 아플 텐데 그렇게도
슬피 우느냐
울다 울다가 날이 밝으면
엄마 찾아 헤매느냐
개구리 너희들 우는 소리는
내 어머니 생각을 더 나게 하는구나

　개구리 울음소리를 통해 자신을 반추해 보는 시다. 저 멀리 무논에서 울어대는 소리이지만 청개구리를 통해 유독 부모의 말을 잘 안 듣던 자식을 위해 지어낸 우화로 명언 같음은 분명하다. 아무리 자식이 부모에게 효성이 지극해도 부모보다 못하다는 말이 있듯이 그와 같은 심정을 읊은 시로 읽혔다.

2. 모성애의 시세계

어릴 적 외갓집에 심부름 갈 때면
너무도 신나는 날이다

넓은 마당 큰 집 외할아버지는
머리에 갓을 쓰시고 반겨 주시고

외할머니는
동네 어귀에 맛있는 떡을 사 주시고

집에 올 때면 할머니는
크고 빨간 주머니에서 돈을 꺼내주시며
집에 잘 가라고 멀리 바래다주시던
외갓집 할머니

아주 어릴 적에
마당가에 심어 놓은
호박나무도 다 뽑아 버렸다고

그만큼 개구졌다고
할머니가 그런 말씀도 해 주셨다
요즘도 종종 외갓집 꿈을 꾼다

– 시 「외갓집」 전문

인간다운 삶과 시골정서가 버무러진 모성애가 샘솟는 외갓
집임을 알 수 있다.

"마당가에 심어 놓은/호박나무도 다 뽑아 버렸다"는 지은
이에겐 기억나지 않는 아련한 아주 어릴적 추억, "빨간 주머
니에서 돈을 꺼내주시며/집에 잘 가라고 멀리 바래다주시던"
외갓집 할머니였고 보면, 감미롭기도 하지만 삶이 덧없음을
잘 읊고 있다.

요즘 세상에선 높이 솟은 아파트가 아이들의 외갓집이 될
지 모르지만.

옹기를 볼 때면 외갓집이 떠오른다
좁다란 길가 돌로 쌓은 담장 길을 지나가면
대문이 없는 집에도
마당가 옹기가 옹기종기 줄을 서서
눈비를 맞아도 뜨거운 햇살에도
그대로 그 자리에 서서 있던 외갓집 동네

옹기가 늘어선 골목길을 지나
외갓집에 들어서면
장독대에서 옹기 항아리를 닦고 계시는
외할머니를 만나게 된다
그 많은 장독을 닦다

반가이 맞아 주시던 할머니
그새 또 아궁이에 불을 때어
옹기 시루떡을 만들어 주시던 외할머니
옹기를 볼 때면 할머니가 그립고
그때 그 옹기가 떠오른다

– 시 「외갓집 옹기」 전문

여기서 할머니는 누구일까. 외할머니이시다. 시인이 80대이
니 80대 시인이 바라본 어릴 적 외할머니이니 많은 세월이 흘
러갔음을 알 수 있다. 이게 인생이니 세월의 덧없음이 아닐까.

빨랫줄에 널어놓은 새하얀 치마에
찍 찌이찍 찍 찌익찍
참새가 시원하게 똥을 갈기고 있네
공들여 풀 먹인 빨래만 골라
똥을 싸고 날아갔네

다시는 안 그럴께요 다시는 안 그럴께요
쨱 째액쨱 쨱 째액쨱
참새는 미안한지 몇 바퀴 돌고 가네
수돗가 호스 잡자 푸다닥푸다닥
찍소리도 못하고 새똥이 떨어지네

– 시 「새똥」 전문

시골에서 흔히 있었던 지난날의 정경을 그대로 읊은 시다.
빨랫줄이 참새들 휴식공간이기도 했다. 그런 참새가 심술궂

게 빨래를 얼룩지게 했던 것이다. 참새의 동작을 의인화해 오히려 정겨움을 안겨줄 정도로 우리네 삶이 자연과 더불어 살아왔음을 반추해주는 시로 읽혔다.

눈에 띄는 구절이 바로 "다시는 안 그럴께요 다시는 안 그럴께요"이다. 나는 그런 참새를 못 보았는데 그래도 양심은 있는 새이고 보면, 마음이 넉넉한 지은이와 미안해하는 참새들의 행위가 오지 않는 과거시간이 될 줄이야.

어두운 밤하늘에 수많은 별들이
반짝반짝 빛나는 밤이면
마루에 앉아
별 하나 나 하나 세어보던 꿈 많던
단발머리 소녀

수많은 세월이 흘러가도
저 별들은 그 자리 그대로구나
맑은 날 밤이면 창문을 열고 서서
높은 하늘에 떠 있는 큰 별을
바라보면서 마음 모으고 있다

반짝이는 별들 같은 자식들
비바람 멀리멀리 보내라고
별 탑을 한없이 돌고 돈다
별이 빛나는 밤이면

– 시 「별이 빛나는 밤」 전문

밤하늘의 별을 바라보며 시인은 자신이 살아온 삶을 회상

하며 카타르시스화하고 있음이 눈에 띈다. "수많은 세월이 흘러가도/저 별들은 그 자리 그대로구나"라는 이 구절이 예사가 아니다. 별을 올려다보며 꿈을 먹고 살아온 인간은 늙고 병들어도 별들은 늙지도 않고 그때 그 어린 시절에 머물러 있으니 말이다. 무한한 대상인 우주의 별들과 유한한 인간과 대비되는 상대성을 읊은 시라 할 것이다.

3. 바다 배경의 시세계

> 두둥실 배 띄우고 출렁이는 아름다운 바다
> 바다 한가운데 등대가 지키는 바다
> 아름답고 푸른 바다는
> 많은 고기 해초를 품에 안고 있는 넓은 바다
> 바다 가운데 조그만 섬들을
> 외로워할까 봐 살살 어루만져 주는 넓고 푸른 바다
> 밤바다 배들이 지나갈 때면
> 등댓불로 뱃길 가리켜 주는
> 엄마 품처럼 언제나 푸르고
> 변함없는 넓은 바다
> 바다는 영원히 넓고 푸르리
> 아름다운 삼천포 바다

- 시 「삼천포 바다」 전문

그렇다. 육지와 다르게 엄마 품처럼 언제나 변함없는 바다임을 읊고 있다.

등대는 든든한 아버지 같고 조그만 섬들은 자식 같으리라. 엄마 품처럼 언제나 변함없는 넓고 푸른 삼천포 바다인 것이다.

하늘에서 보면 거대한 용 한 마리가 누워 있는 모습과 흡사하다고 해 붙여진 이름의 와룡산이다. 매년 봄이면 진달래 철쭉이 만산홍을 이루는 와룡산은 사천 8경으로 선정되어 있으며, 와룡산 정상인 민재봉에 오르면 한려수도와 남해의 크고 작은 섬과 푸른 바다가 한눈에 들어오는 절경이다.

시인은 느긋하게 누워있는 와룡산을 다음과 같이 읊고 있다.

웅장하고 거대한 와룡산
용이 누워 있는 것처럼
편안하게 자리 잡고 있는 와룡산
능선 넘어 봄이 찾아오면
진달래꽃으로 곱게 물든 와룡산
여름이면 푸른 물결 넘실넘실 춤추는
아름다운 바다가 한 눈에 보이고
가을이면 오색 단풍잎으로 물들이는 산
가을이면 넓다란 들판에
황금물결 내려다보는 와룡산

넓은 품안에 많은 물을 품었다
흘러내려 사람들 젖줄이 되어주는 와룡산
해가 지면 잠자리 찾아온 많은 새들을
따뜻하게 안아주는 아름다운 산
산 아래는 용두공원 아래
졸졸졸 물소리에 걸음을 멈추고서

와룡산을 올려다보니 마음이 탁 트인다

– 시 「와룡산」 전문

용 한 마리가 누워 있는 듯한 와룡산이 한품으로 안겨온다. 사계절의 변화 속에 넉넉한 품안 같은 바다를 바라보며 진달래 흰구름 오색단풍을 낳아주는 마고 같은 넉넉한 산임을 읊고 있다. "졸졸졸 물소리에 걸음을 멈추고서/와룡산을 올려다보니 마음이 탁 트인다"에서는 외경심을 불러일으키고 있음을 알 수 있다.

시인이란 이만한 향토서정시 한 편은 남겨놓을 만하니 다행한 일이라 하겠다.

큰 나무 그늘에
한낮 무더위가 앉아 있다
저도 더운지
이파리에 찰싹 붙어
연신 부채를 부쳐대는데

오는 사람 가는 사람
서로 아는 체하면서
하루를 뉘어 놓았는지
나무도 알았다고
어린 아이 얼굴에도
그늘을 널어 두었다
꼼지락 꼼지락 그늘이 숨을 쉬는지
아이가 화답을 하고 있다

어디선가 지지배배
길가 보리수 나뭇잎 그늘에서
빨갛게 익은 열매 따 먹는 소리
내 머리 위 나무 그늘에 앉아서
속삭이고 있다

나도 새들처럼
나무 그늘에 앉아서
오래 쉬고 싶은 오후

– 시 「그늘」 전문

　시적 품위를 한층 높여준 시였다. "큰 나무 그늘에/한낮 무더위가 앉아 있다/저도 더운지/이파리에 찰싹 붙어/연신 부채를 부쳐대는데"가 사유 깊은 절창으로 읽혔다. 시였다. "한낮 무더위가 앉아 있다/저도 더운지/이파리에 찰싹 붙어"를 보라. 그리고 이 무더위가 넓은 나뭇잎을 부아에 비유해 아주 실감있게 표현했다. 의인법으로 읊은 "나무도 알았다고/어린 아이 얼굴에도/그늘을 넣어 두었다"라는 표현도 실감을 자아내는 구절이다.
　그늘이 주는 의미가 신선하게 읽힌 볼륨 있는 시임엔 분명하다.

눈부신 햇살이
남기고 간 저녁 노을
곱게 물든 실안 노을이
바다에 수를 놓으면
일제히 갈매기들이 일어나

노을 무대 위에서 춤을 춘다
하늘 높이 떠 있는 뭉게구름도
덩달아 춤추고 싶은지
곱게 물든 실안 노을 앞바다를 기웃대는데

와룡산 고개 넘어가다 다시 돌아서다
오늘도 온 동네를 물들인다고
부산을 떨고 있다
아름다운 실안 노을이다

– 시 「실안 노을」 전문

생동감 있는 서정시로 다가왔다. 바다 위의 갈매기와 실안 노을과 뭉게구름과 와룡산의 산수배경이 어느 화가의 붓끝을 방불케 한다. 시인의 펜끝이 이루어 낸 거대한 회화처럼 읽혔다.

긴 세월을 살다
발자국만 남기고 간 공룡발자국
깊게 찍힌 공룡발자국에 발을 넣으니
아버지 모습이 떠오른다

아버지의 말씀이
파도처럼 무섭고도 깊은 울림인줄
그 옛날엔 몰랐는데

지금 쿵쿵쿵 발소리가 그립도록
들려오는 듯

먼 곳으로 가신
아버지의 그때 그 목소리가 화석처럼 박혀 있다

          – 시 「공룡발자국 화석」 전문

거대한 공룡발자국에서 아버지를 떠올렸던 어린 시절이 리얼하게 읽힌다. 누구나 실제 공룡은 보지는 못했지만 어린 시절 공룡발자국에 휩싸였던 적이 있었음을 잘 말해주고 있다. 경남 고성 바닷가에 가면 지금도 찍혀 있는 공룡발자국에 대한 공포가 아버지의 위엄처럼 다가왔던 것이다.

공룡발자국에 비유된, 지금은 세상 뜨신 아버지에 비유한 건 잘한 일이다.

우리집 애교쟁이 장난꾸러기 기쁨이
하얀 솜털처럼 예쁜 강아지
새까만 두 눈으로 나를 올려다볼 때면
정말 귀엽다

외출하려고 가방을 챙길 때면
짧은 꼬리를 흔들며
빙글빙글 돌며 애교를 부리는 기쁨이
밖에 나갔다 올 때면
멀리서 걸어오는 발소리를 어떻게 알까
어서 오라고 멍멍 짖다가
문 열고 들어서면
왜 이제 오느냐고 말하듯
온몸을 흔들며 반갑게 맞이하는 우리 기쁨이
밤이면 내 옆에서 잠자는 귀여운 기쁨이

오래오래 건강하게
내 곁에 있어야 된다

– 시 「기쁨이」 전문

요즈음 시대에는 흔히 볼 수 있는 생활문화의 단면을 읊은 시이다. 강아지에게도 사람처럼 이름 붙여진 기쁨이, 인간생활에까지 침투해 온 세상이 강아지 천국이 된 듯하다. 쉽게 말하면 강아지가 호의호식하는 시대라 할까.

그러나 어쩌랴. 시골문화가 아닌 도시문화로 바뀐 현대인의 삶의 패턴을 말해주는 시로 읽혔다.

4. 시인으로 살아가는 삶의 의미

월요일은 새로운 기분으로 시작하는 날
화요일은 문화원에 시 쓰기 공부하러 가는 날
선생님의 가르침 받고 열심히 글을 쓴다
목요일은 문예반에 시 쓰기 공부하러 가는 날
모든 것 다 잊고 열심히 시를 쓴다
금요일 지나고 토요일이 빨리 지나야
어서 화요일이 오게
어서 목요일이 오게
열심히 시를 쓰다 보면
진짜 시인이 된 듯 쓰고 또 쓴다

– 시 「시인」 전문

어느 저명한 시인이 시를 쓰는 일은 쟁기로 소가 부지런히 밭을 갈아 씨 뿌려 나가는 것 다름 아니라 했다. 그만큼

은근과 끈기로 우직한 소처럼 경작하는 일인 것이다.

하나의 밭고랑이 두 개의 밭고랑으로 두 개의 밭고랑이 세 개의 밭고랑으로 세 개의 밭고랑이 네 개 다섯 개 여섯 개, 나아가서는 열 개 스무 개의 밭고랑이 한 뙈기의 밭이 되듯 시도 그렇게 이루어지는 것이고 보면 한 편의 반듯한 시가 나오는 데는 내공이 필요함을 잘 말해주고 있다.

공자께서도 배움의 가치를 극찬했는데 배우는 것이 죽을 때까지 멈추면 삶은 더 이상 아무 의미가 없다고 말했는가 하면, 살아있는 동안 배움에 힘 쓰지 않으면 죽음은 의미 없다고 했으니까.

시를 쓴다는 것은 창작을 하는 행위이기에 고여 있는 물이 아니라 일분 일초라도 솟아나는 샘물 같기에 늘 생명수와 같다. 그 생명수를 퍼올리는 주체가 시인인 것이다. 비록 삶자체는 고달프고 궁할지라도 「가늘은 나뭇가지 같은 시인이여, 그래도 그 가늘은 나뭇가지에 날으는 새를 쉬어가게 하고 잎 돋게 하고 꽃 피게 하는 거룩한 존재 그대는 시인이느니라. 푸른 하늘과 들의 꽃이 우리의 벗이니 만만세!」 (서지월 담론 – '시인'에서.) 이렇게 필자가 피력한 바가 있지만, 시인의 위대함을 알 수 있으리라 생각된다.

서지월 | 전업시인, 한민족사랑문화인협회작가회의 공동의장

너도 나도 꽃

ⓒ김행금, 2024

초판 1쇄 | 2024년 5월 3일

지 은 이 | 김행금
펴 낸 곳 | 시와정신사
주   소 | (34445) 대전광역시 대덕구 대전로1019번길 28-7, 2층
전   화 | (042) 320-7845
전   송 | 0504-018-1010
홈페이지 | www.siwajeongsin.com
전자우편 | siwajeongsin@hanmail.net

공 급 처 | (주)북센 (031) 955-6777
경기도 파주시 문발로 77(문발동) (10881)
전화 | 031-955-6777   전송 | 080-250-2580
홈페이지 | www.booxen.com

ISBN 979-11-89282-67-7   03810

값 10,000원